句集

葉桜

山川和代

kazuyo yamakawa

東京四季出版

序――山川和代さんのこと

藁塚の真中つらぬく棒一本　和代

山川和代句集『葉桜』から一句取上げた。

和代さんの第一句集『葉桜』は、平成元年から平成二十七年までの二十七年間の集大成である。私達の結社が今年三十周年となるのと重なる歳月である。句会で、吟行で、教室でお目にかかる和代さんには、心の芯となる「何か」を持つ方といつも感じていた。ここで取上げた藁塚の句であるが、形は虚子や静塔の句に似ているが、藁塚をつらぬく棒は、和代さんにあっては、心の深い所から現れる「思い」、折折の言葉や仕草の真実さと思う。「真中つらぬく」のこの真剣さは、多分ご本人は、そうとは意識しておられないと思うが、自然にそうなっておられるのではないかと思う。尊いことだ。

新米やまづ仏飯を高く盛り

墓洗ふ母の背中を流す如

のような句からはご先祖や親御様を敬う心が句を生き生きとさせている。

不意に風母かもしれぬ蛍かな

蛍のあの青白い光を闇に目にして、そこに霊魂の世界を感得されている。

それだからこそ、

光年の中の一瞬冬銀河

命継ぐ水ありがたし去年今年

のような敬虔なつつしみ深い句が生まれ、詩の源泉をみつめて居られるのであろうし、そこから命へのいつくしみの句が生まれるものであろう。

立春の捨てるにあはれ鬼の面

野施行や枝にかけおく山の幸

こうした句柄は、俳句の研鑽や修練によって身につくものではないと思う。元元の和代さんの人となりから生まれたものと思う。

和代さんは、ご一緒しているだけで心が騒ぐ人柄ではない。かえって落着いた気持にさせて下さる方である。

このような和代さんの御一集ご上梓を讃えたい。

平成二十八年　春

加藤耕子

葉桜◉目次

装幀　田中淑恵

句集

葉桜

はざくら

春の宵

平成元年〜四年

春の宵古稀を囲める一家族

命あるものの美し昼の蝶

小雀の青虫重く引き出せり

健やかな稚児の欠伸や新樹晴

風切つて青葉通りを走りくる

グランドに誰か一人や梅雨に入る

桜桃忌ヴィヴァルディの楽低く

遠雷のときをり光放ちをり

今朝の秋ガラスのコップ洗ひ上げ

朝摘みの婆のてのひら冬苺

冬日和走り根伝ひ幻住庵

翁堂冬木の洩れ日背にあり

都鳥うすくれなゐの脚もてり

辻堂の縁借り猫の日向ぼこ

居待月

平成五年〜六年

湯の華を両手で掬ふ春の夜

犀川へ音たてあふる雪解水

越えて来し峠峠の名残り雪

川中島耕地となれり三月菜

風まかせ大きく乱るる雪柳

種蒔や黒き土つく鍬の先

鬼灯を供ふ母の忌空深し

福田屋の狭き廊下の居待月

夕雲や橋の袂へ鯊の潮

稲穂波濃尾平野の晴れ上がり

秋遍路

平成七年

すなめりやくるりと鳥羽の水の春

伊勢湾の春光運ぶ波頭

風倒の朽木に苔や蘖す

晩年や母が育てし庭牡丹

風薫るちひろの描くお下げ髪

炎天にかつと目開く鬼瓦

時の鐘打てば波立つ睡蓮花

分岐点御所水引のすらり立ち

黍の穂の切り口揃ふ畑日和

山影に沿ふも一人や秋遍路

結願の朱印頂く秋遍路

亀の背が少し出てゐる秋の水

冬牡丹

平成八年～九年

触れるもの一切こばむ冬牡丹

鶏の春の土搔く比丘尼寺

馬酔木咲く鼻緒の白き僧の下駄

落日や城跡へ桜吹きあぐる

山若葉唐様ご廟に異邦人

足半の鵜匠の草履はき崩れ

滴りの染み入る苔や大杉谷

ぐい飲みの灰釉の垂れ冷し酒

潦映せる峡の盆の月

秋鯖の酢加減のよきしまりやう

無造作に置きし菊束六の市

座して聴く平家の語り秋深む

灯を点す宮の渡しや初時雨

金屏風鷲の眼をのがれ得ず

丈草忌

平成十年〜十四年

寒鴉啄みてゐる野の骸

青といふ奇しき光や崖氷柱

追善に石ひとつ置き丈草忌

桟橋の板に張りつく薄氷

芽柳や小犬の弾む昼の岸

春風や母の手支ふ子の一歩

茄子の苗すでにまとへる京紫

大徳寺

苔の花枯山水の独座庭

緑陰や椅子にこしかく宮衛士

河童忌や星一つなる文庫本

ヘルメット脱ぎ盆僧の顔となる

枝豆の茹であがりたるよき加減

阿羅漢の薄き御目や秋日和

椎の実の乳の匂ひを嗅ぎてみし

色変へぬ松の千年御塩殿

亀甲の石組の垣柿たわわ

新米やまづ仏飯を高く盛り

畑畔の枯菊を刈り担ひ来る

裸木や赤子の脈の確かなる

天領の空を自在に冬の鳶

白障子

平成十五年〜十六年

寒の水刃先に垂らし砥石当つ

粉雪降る足跡たどる獣道

雪晴や杭より出づる小さき虫

日本晴青立つ雪の反射光

古株に腰落しゐる梅見茶屋

山腹に楢の実生の二葉かな

山吹や二畳中板知足庵

白牡丹書院造りの違ひ棚

お田植の神事始まる大太鼓

玉苗を三宝に置き神饌田

田植唄あつたのめぐみ歌ひ出す

黴匂ふ南吉生家の竈跡

鵜松明放れば火の粉高く散り

棹斜め船頭斜め鵜飼舟

八の字に茅の輪を廻る小糠雨

夏期鍛練一信二行三学し

立葵小さき寺門と丈同じ

滴りの洞の奥処や光蘚

日の盛り貨物列車に砂満載

炎天や眉根寄せたる忿怒仏

秋気澄む老舗の大戸吊り上げし

二百十日雨は閑かに畑に降り

木曾馬を放つ牧場や蕎麦の花

風鐸に月と火星を右左

一瞬の鳥の残像白障子

雑貨屋の猫の欠伸や漱石忌

一つ事願ひ叶ひぬ古暦

裸木の艶めく幹へ雨の筋

春動く

平成十七年

寒晴れや子牛の背の黒光り

半熟に名古屋コーチン寒卵

鳶の胸拡ぐ大空春動く

一竿に若布干したる浜の家

点描を空にちらせり遠白梅

チューリップ花束胸に退職日

かがやける物に桜と霊柩車

時彦忌水透く花器に黄の薔薇

白檜曾の深山に入り滝の音

十八楼翁踏みたる一つ葉か

花火散り夜闇に喝采残りたる

暴風雨ぴんと立てゐる犬の耳

日のほてり残して籠へ秋茄子

鋭角の三角頭いぼむしり

高野山　二句

霊宝館香炉の灰の秋湿り

雨しとど路肩の野菊傾きて

新蕎麦を打つ婿殿の手の動き

半夏雨

平成十八年〜十九年

飛び立つに羽搏く力初鴉

山腹の篠竹放つ雪解光

早春や矮鶏は尾羽を立ちひろげ

種袋ふれば祖父母の声そこに

敷藁をわりて菖蒲の芽立つなり

芽柳やテニスコートに球弾け

絶壁の砲台跡にもの芽出づ

鳥帰るカルスト岩に糞残し

つばくらの胸擦るやうに田の祠

御手洗の春光掬ふ竹柄杓

軟らかな日の溢れゐる春の草
しやぼん玉現の闇に暫しあり

春燈や香ほのかに衣桁立つ

二女の婚礼

ことほぎの日差し溢れり杜若葉

揚げ舟を輪中の軒に菖蒲ふく

九条守るピースといふ薔薇束ねをり

筆塚に石の硯や若葉冷

真柱にしかと巻く藁熱田祭

明易し下五の言葉さがしゐて

夏至の日の泥鰌の口髭よく動く

切れ長の唐美人図の涼しさよ

父と娘のブリキの亀よ浮いて来い

三河より白雨走り来古戦場

風通る透かし欄間の夏座敷

一畝を土たかく盛り半夏雨

帆柱を跣で登る練習生

墓洗ふ母の背中を流す如

苔あつき地蔵の肩に秋の水

仏飯に到来の栗炊込みて

和英辞典俳句ポエムや源義忌

畳紙紐解きてをりぬ菊日和

冬晴れや頭を上げて這ふ小亀

顔見世や朱の亀甲の帯高し

雪吊の縄方円に張りつめし

父母の遺影を磨く年用意

お花畑

平成二十年

幣の灰松にかかりてどんどの火

独楽の紐小指に挟み空切りし

神島の一月の松輝かす

滾りたつ薬缶の音や寒の入り

薬のむ寒九の水を喉とほし

立春の捨てるにあはれ鬼の面

魚は氷に少女の耳たぶ輝きて

白椿赤椿落つ崋山の座

王朝の恋の匂ひや藤の花

麦秋や葬車まつすぐ山へ向く

四百年保つ商家の夏座敷

川底を魚影の走る青山河

犬の耳伏せて膝よる日雷

ひらめきの数独解けて涼新た

お花畑白根お釜を眼下にし

荒き瀬の一枚岩や秋の渓

放牧の牛朝霧の中を抜け
掃き清む杉の根元を爽やかに

秋冷の門の生垣切り揃へ

詩の一行余白に灯火親しめり

柳散る紅殻格子へ水の音

門柱に猫座りをり十三夜

水際に舟神祀る蘆の花

草紅葉毘沙門沼に鳥の声

駒塚の美濃脇街道帰り花

弁当箱ダルマストーブの上に置き

短日や言葉を交し回覧板

稲の花

平成二十一年

溜り場にお日の和らぐ冬桜

空井戸の奈落の底や春の闇

竹筒へ茶杓を納む利休の忌

御屋根替千木の輝く熱田さま

霾や東寺五層の心柱

奉納の尾鰭はみだす桜鯛

奉納の韓神舞や鳥曇り

紙風船裏へこませて返すなり

六華苑大正昭和の亀鳴くと

杉戸絵の獅子の逆立ち大牡丹

堀川を潮上りくる夏柳

不意に風母かもしれぬ蛍かな

著莪の花たき口狭き登り窯

夏帽子鏡の前の百面相

千年の杉真つすぐに滝の音

里人の崇める滝の風浄し

稲の花仏のもてる大笑面

秋の日や高菜を心に飯握る

漆黒の甲斐の連山芋の露

白すすき笛吹川の水涸れし

裏富士を遠に眺むる草紅葉

晩秋や龍太遺稿の八十句

生垣の茶の花ふつくら朝のパン

山茶花の零れこぼれる庭雀

柊の花こぼれつぐ裏戸口

句屛風や龍太の筆の細やかさ

畑中に姉さん被り昼焚火

灯火親し

平成二十二年

怪物の漫画双六敵七人

老幹の生気を力寒の入り

産みたての手中に重き寒玉子

里若葉耳のゆたかな観音さま

竹の皮脱ぐ竹藪に乾く音

六道の一つを諭す盂蘭盆会

丈高く高野の野辺に紫苑咲く

灯火親し古墳事典の革装訂

栗の毬針千本の約束を

靴先で割る柴栗の毬転げ

田仕舞の煙ひとすぢ日暮時

火祭の太き松明富士吉田

冬の靄熱田台地をしづもらせ

光年の中の一瞬冬銀河

星座図を回す東西冬銀河

去年今年

平成二十三年

祝ひごとまづ書込みし初手帳

竹垣の結び目ただす黒侘助

梅真白しばし樹齢を仰ぎ見る

犬ふぐり弘化二年の道標

猫柳中馬の旅籠引戸開け

桜貝一つポケットに入れて見し

朴咲くや「耕」二十五周年を踏み固め

夏足袋の摺り足進む一の松

能楽堂出で外堀の梅雨晴間

アボカドの種をくりぬき涼新た

稲光りぬれし少女の臑白し

黒猫の伏せて構へてばつた追ふ

冬朝日百の窓ある小学校

命継ぐ水ありがたし去年今年

春の空

平成二十四年

仰ぎ見る神木桂の芽吹きたり

春泥や八角塔の軒の反り

唐様の塔のきざはし春の泥

花の影塔の四面の扉を開く

春の空手首を返すバドミントン

原発を止める憲法記念の日

ぼうたんや竜の墨絵の髭自在

唐衣袖を触れ合ふかきつばた

街薄暑夜寒といへる隣町

旅人に無常の雨や沙羅落花

正面に五三の桐や祭提灯

前足の太き狛犬炎天下

八事山走り根潜る青蜥蜴

涼しさや飛驒の匠の組天井

曼殊沙華志功観音頬豊か

露草や絵画に命無言館

一粒の紫深き葡萄食む

蓮の実の一つ飛び出て寺の庭

灯台の白まぶしかり鰯雲

鉄鉢の塵も貴し冬隣

黒門を出て公孫樹落葉降りやまぬ

石庭の滑の楕円や冬ざるる

秋暁

平成二十五年

顔洗ふ大寒の水掬ひ上げ

なまはげの「泣く子はゐねが」男鹿郡

なまはげを神と敬ふ男鹿の人
おこしもの木地師の彫りし雛清し

牧牛の乳搾りゐる春の空

屋根替に三州瓦の銀の音

玉三郎銀座の鮨を召されゐし

古葦の刈りし根方や葦若葉

日表へ牡丹宝珠をゆるませり

切り岸に孤高の姿桐の花

新涼や柱にかかる楽書帖

裏山の竹叢抜ける盆の月

木曾馬の眸に溢る花野かな

魚板打つ窪みの深さ秋日差す

秋高し柵にかけ置く馬の鞍

白桔梗三十六人の詩仙の間

丈山の光陰伝ふ夕紅葉

秋暁の紫立ちし奥比叡

藁塚の真中つらぬく棒一本

溶岩の入江ごつごつ秋の色

地平線明りぽつんと虫の闇

日を西に紅をたたみて酔芙蓉

椎古木傾ぐ窪地の実を拾ふ

茶の花や丈低くして寄せ垣根

菫草

平成二十六年

川底に鎮もる朽葉寒の鯉

水音を芯に閉ぢ込め滝氷る

少年の投げる速球土手青む

猫の子を拾ひて人工哺乳する

春浅し厨の水を吐く土管

土筆生ふいつも野の原風の中

まどみちおさんの詩のやう菫草

藤棚の見ゆる鉄砲狭間かな

駄菓子屋の昭和の匂ひ春灯

水門へ落す水音夏来る

椎若葉欠けし熊手を納屋にたて

無住寺の草と草の間花あやめ

神鶏の眼閉ぢ座す夏落葉

日盛りや眉をつり上ぐ舞楽面

街薄暑聖塔の影二つ置き

赤楝蛇茶の畝床を滑り去る

裸電球屋形を照らす踊の輪

踊唄郡上は水のひびく町

かざす手に雲間を渡る盆の月

「春駒」を踊る下駄打つ音と音

古書店のあるじ居眠る文化の日

実柘榴や仁王に踏まるる天邪鬼

城囲む桜紅葉の一葉散り

葛餡を少し濃めに蕪蒸し

葉桜

平成二十七年

神域に一輪遺る初紅梅

人日や翁の一句読み深む

綾取りの梯子崩れし膝と膝

野施行や枝にかけおく山の幸

水草生ふ鮒の尾鰭を叩く音

潮騒の島を眼下に鳥帰る

借景に大比叡を置く飛花落花

莢豌豆まこと素直に筋が引け

古鳴海　十句

道標を囲むたんぽぽ鳴海宿

物の芽の時に触れけり翁塚

穴を出る蟹の数多も汽水域

屋根神を祀る古鳴海片陰り

千句塚榎のしげり濃かりけり

見晴台草に胸する夏つばめ

夏休み遺跡に洗ふ貝の殻

爽やかや鶏形埴輪首長し

環濠の溝の尖りを椎打てり

秋澄めり黒人詠みし年魚市潟

京都常寂光寺　五句

仁王門枝差し交す若楓

小倉山定家歌仙祠谷若葉

葉桜や異国に眠る一詩人

竹皮を脱ぐ寂光といふ浄土

蹲踞や音なくしぶく山清水

合歓咲くや雨に煙れる過疎の村

初秋や文字美しき風信帖

知多郡野間大坊

義朝へ木太刀納むる秋の寺

靴塚に伊勢湾台風水位あと

佐屋　八句

水鶏塚吹かるばかりに秋の草

菊たむく碑のうしろ側露川の名

仄暗き納屋がらんどう紫苑咲く

大樟へ小鳥来てゐる八幡社

柳散る桑名へ三里渡し跡

一寸の青き刺立つ枳殻の実

木曾川の堤は高し豊の秋

秋の田や大地貫く大河あり

猫の待つ帰る家あり秋の暮

どつしりと横枝を張る冬柏

樫の木の瘤に冬芽や雀来し

あとがき

このたび、加藤耕子先生のお勧めをいただき『葉桜』を上梓いたすことになりました。

耕子先生にはご多忙の中、平成元年から平成二十七年までの作品を再度の選と序文を賜りました。深く御礼を申し上げます。

生涯学習になにを学ぶかと思い巡らしておりました。平成元年熱田神宮の東に文化教室があり「俳句の手ほどき」を受講させて頂きました。抽出しの浅い私はついて行けるか心配しましたが耕子先生のご指導に魅了されまして今日を迎えました。

作句に向きあっていると母の実家の風景を思い出します。母の里は岐阜県の南西に位置し長良川と揖斐川の輪中にある安八町西結で隣町の長良川沿に一夜で築いたと言われる、木下藤吉郎の墨俣城跡があり、揖斐川を渡ると大垣です。芭蕉の「おくのほそ道」の結びの地です。

大垣又は岐阜駅と行くにも木曽三川又は二川を渡ります。水の滔滔とした流れは今も昔も変りません。

祖母、伯父夫婦が住む家のブロック塀の真ん中に開かずの扉があり絶えず錠が掛かっています。小さい時から不思議に思い、ある時、伯母に尋ねると「この扉は亡くなった人が通る所」と教えてくれました。

祖母はご仏壇の前に座り朝夕とお経を読み、庭に咲く普通の花を供えご先祖に手を合す日課でした。その祖母が私の中学一年の時に亡くなり初めてこの扉が開き、座り棺に納まった祖母がここから旅立ち、その後に伯父が、そして家を守り先祖を守り供養した伯母が仏間から廊下を渡り、開かずの扉を開き喪車へと移りました。伯母は九十一歳でした。

伯父は家を建て替える時から生と死を区別をして黄泉の国へ送り出す門を造っていたのだとつくづく思います。表通りは鎌倉街道の美濃路です。子供の時は道が広く感じましたが大人になると意外に狭いです。

先人が歩いた道を今私達は歩いています。美しい季語が未来にも使えますように、自然がいつまでも自然でありますように願っております。

今日まで私を支えてくださいました句友の皆様へ御礼を申し上げたいと思います。

なにも言わず好きな俳句を見守ってくれています夫に感謝致します。

最後に東京四季出版の皆様、西井洋子様のご配慮、心より深謝申し上げます。

平成二十八年　初夏

山川和代

著者略歴

山川和代　やまかわ・かずよ

昭和19年　愛知県生まれ
平成元年　「耕」の会入会　加藤耕子に師事
平成10年　第三回内藤丈草を偲ぶ会で市長賞受賞
平成18年　「耕」奨励賞受賞
平成20年　「耕」同人　俳人協会会員
平成25年　愛知県教育委員会賞受賞
平成26年　名古屋市教育委員会賞受賞
NPO法人日本詩歌句協会第八回中部大会部門CBC賞受賞
平成27年　「古鳴海」（30句）でNPO法人日本詩歌句協会主催の第11回奨励賞受賞

現住所　〒458-0812 愛知県名古屋市緑区神の倉 4-261

実力俳句作家シリーズ〈凜〉4

句集　葉桜　はざくら

発　行●平成二十八年七月二十七日
著　者●山川和代
発行人●西井洋子
発行所●株式会社東京四季出版
〒189-0013 東京都東村山市栄町二―二二―二八
電　話　〇四二―三九九―二一八〇
FAX　〇四二―三九九―二一八一
shikibook@tokyoshiki.co.jp
http://www.tokyoshiki.co.jp/
印刷・製本●株式会社シナノ

ISBN978-4-8129-0927-0